Un tueur
à ma porte

Illustration de couverture :
François Roca

Irina Drozd

Un tueur à ma porte

BAYARD JEUNESSE

3, rue Bayard, 75008 Paris
ISBN : 2 227 723 793
Dépôt légal : avril 2000

Loi 49956 du 16 juillet 1949 sur les publications destinées à la jeunesse

Chapitre 1

Une mauvaise plaisanterie

– Tu feras très attention, n'est-ce pas ? Et surtout tu n'enlèveras pas tes lunettes ? Le docteur t'a bien dit ce que tu risques si...

Daniel soupira d'un air agacé.

– Je sais, maman, je sais ! coupa-t-il d'un ton brusque.

Mais il se rendit compte que sa mère était

vraiment inquiète à son sujet et il lui sourit gentiment.
– Ne t'inquiète pas, je ferai gaffe, promit-il d'une voix radoucie. C'est... Je me sens un peu nul, tu comprends ? Des lunettes de soleil en plein hiver...
Marielle sourit à son tour :
– Je sais, Daniel, mais c'est seulement pour quelques jours.
Il haussa les épaules :
– Tu as raison. Remarque, ça aurait pu être pire. J'aurais pu me faire ça dès le premier jour des vacances.
– Je t'ai déjà dit que ce que j'aime en toi, c'est ton optimisme ?
Daniel éclata de rire :
– Un million de fois au moins ! Et toi ? Dis-moi plutôt...
Marielle commença à débarrasser la table du petit déjeuner et regarda la pendule de la cuisine d'un air significatif.

– Je ne suis pas encore en retard, fit Daniel, qui avait suivi son regard. Alors, et cette dernière répétition ?

– J'ai le trac, avoua Marielle.

– C'est très bon signe, déclara son fils d'un ton sentencieux.

– J'espère. File, maintenant, sinon tu vas vraiment être en retard.

Daniel se dépêcha d'avaler une dernière cuillerée de cornflakes et se leva.

– Tu seras géniale, j'en suis sûr ! dit-il en l'embrassant. Tu sais, je suis drôlement fier de toi, tous les copains sont jaloux !

Il sortit en courant. Marielle lui fit un petit signe du balcon, puis elle se prépara. La dernière répétition commençait plus tôt que d'habitude.

La situation était intenable. L'homme savait que, s'il n'agissait pas dès ce soir, tout serait découvert. Or il n'avait pas du tout l'intention de terminer ses jours en prison. Il avait amassé un magot confortable – très confortable – et il voulait en profiter le plus longtemps possible. Il avait tout prévu, sa fuite, son refuge... Personne ne pourrait jamais rien prouver contre lui.

Personne, mis à part ce crétin de Franval, qui avait eu la mauvaise idée de s'intéresser à certaines transactions. Jamais il n'aurait dû s'en occuper. Sa seule tâche, c'était de remettre en route ce fichu ordinateur qui avait eu la mauvaise idée de tomber en panne. Avec LA disquette coincée dedans. Machinalement, Franval avait regardé l'écran, une fois l'ordinateur réparé, pour vérifier si tout allait bien et si rien ne s'était effacé. Certains chiffres l'avaient étonné.

L'homme se racla nerveusement la gorge, produisant ce son très particulier, rauque puis suraigu, qui amusait souvent ses collègues. Malgré tous ses efforts, il n'avait jamais réussi à se débarrasser de ce tic qui trahissait sa tension intérieure.

Franval n'avait pas eu l'air convaincu par ses explications. L'homme se doutait qu'il finirait par parler, demander conseil à quelqu'un. Ou pire, comprendre et aller voir le grand patron. Alors, tout serait découvert et il serait arrêté. Tous ces longs mois de préparation pour couvrir sa fuite n'auraient servi à rien.

L'homme se racla à nouveau la gorge. Sa décision était prise. Franval devait disparaître.

Comme Daniel l'avait prévu, ses copains se moquèrent de lui en le voyant arborer de splendides lunettes de soleil par un temps grisâtre, et les garder en classe. Il dut répéter vingt fois, sinon plus, qu'il s'était brûlé les yeux au ski, le dernier jour. Il s'était rendu compte en haut des pistes qu'il avait oublié ses lunettes et il n'avait pas voulu renoncer à une seule minute de ski. La fragilité de ses yeux gris clair et la réverbération de la neige avaient eu raison de son obstination.

Il s'était retrouvé au poste de secours à la fin de la journée. Ses yeux le brûlaient comme des châtaignes plongées dans un feu de cheminée. Le médecin de garde l'avait soulagé avec des compresses humides posées sur ses paupières gonflées et lui avait prescrit un collyre. Il lui avait ensuite passé un savon, le traitant d'inconscient et de petit imbécile. D'après lui, Daniel avait eu de la chance de ne pas s'être rendu définitivement aveugle. Il lui avait fait jurer de ne pas quitter ses lunettes de soleil pendant quelques jours.

– Remarque, ça fait chic, dit Aurélia. Maintenant que ta mère va être célèbre, il te faudra bien ça pour passer incognito.

Daniel eut un petit rire :

– Je les lui donnerai dès que je serai guéri. C'est elle qui devra passer incognito, pas moi... Tu confonds.

En fait, il en avait rougi de plaisir. Jusqu'ici, sa mère n'avait tourné que des spots de pub pour des machines à laver ou d'autres produits tout aussi excitants. Elle avait aussi décroché quelques petits rôles dans des films ou des pièces de théâtre à maigre budget. Et, un jour, au cours d'un casting, un metteur en scène l'avait choisie pour un premier rôle. Ce soir, c'était la première de la pièce, devant le Tout-Paris des critiques et des célébrités.

– C'est des blagues, ce qu'il raconte ton toubib, dit brusquement Julien. On peut pas devenir aveugle tout d'un coup à cause de la lumière.

Julien avait été le meilleur ami de Daniel pendant toute la sixième et jusqu'aux premiers jours de la rentrée. Et puis, il y avait eu Aurélia, une nouvelle. Une vraie rousse aux yeux verts dont tous les garçons de la classe étaient tombés amoureux.

Sans rien faire, Daniel avait conquis Aurélia. La plupart des garçons s'étaient consolés avec le foot, le cinéma, les jeux vidéo et d'autres petites copines. Mais Julien n'avait pas pardonné. Il s'était estimé trahi et il ratait rarement une occasion de rabaisser Daniel aux yeux de leurs copains.

– Je sais pas si c'est des blagues, mais j'ai eu drôlement la trouille. Et j'ai eu vraiment mal. Même les monos n'ont pas osé m'engueuler.

Aurélia hocha la tête. Elle aussi était une habituée des colonies de vacances.

– Ça devait être vraiment grave. Et tu as encore mal ?

– Pauvre chouchou ! ricana Julien.

Daniel retint le juron qui lui venait aux lèvres. Il avait tout tenté pour regagner l'amitié de Julien. Sauf lui laisser Aurélia, bien sûr ; d'ailleurs, elle n'aurait pas été d'accord. Mais après chaque tentative de réconciliation, Julien était encore plus agressif et injuste.

Daniel n'avait même pas envie de lui répondre. De toute façon, la sonnerie de fin de récréation venait de retentir. Il fallait retourner en classe.

Christian Franval était troublé, ce qui lui arrivait rarement. Son travail, c'était d'installer un système informatique et de veiller à son bon fonctionnement. Les investissements financiers et la Bourse ne le concernaient

guère. Mais pour élaborer le programme commandé par le grand patron, il avait bien dû se plonger dans tous ces chiffres.
Franval, on le surnommait le Sorcier. Ses collègues disaient qu'il lui suffisait de regarder un ordinateur en panne pour qu'il se remette en marche. Aussi l'appelait-on dans les cas les plus dramatiques, quand les réparateurs normaux avaient abandonné la partie.
La veille encore, Franval avait réussi un exploit. L'écran s'était allumé... Toutes ces colonnes de chiffres lui avaient paru bizarres.
Il avait réfléchi. Il se trompait peut-être. Avant d'accuser, il voulait être sûr. Si son hypothèse se révélait exacte, la somme détournée était énorme... Franval se donna encore la fin de la journée et la nuit pour réfléchir.

– C’est parfait ! Si ce soir, tu es aussi géniale que ça, ma chérie, je te prédis un « Molière » ! s’exclama Jacques Martial.
Marielle rougit de plaisir. D’habitude, le metteur en scène était avare de compliments. Puis elle eut encore plus peur et se dit qu’elle ne survivrait pas à la première.

Plus qu’une heure de cours. Daniel se sentait fatigué. Ses yeux le piquaient terriblement et il avait hâte d’être chez lui, au calme. Il était aussi impatient de savoir comment s’était passée la dernière répétition de sa mère et de lui prodiguer d’ultimes encouragements.
– Ça va ? demanda Aurélia d’un ton inquiet.
Daniel la rassura :
– Super ! Et puis, Larcher a promis de nous passer un bout de film. On sera dans le noir, ça me fera du bien.

Larcher était un professeur d'histoire passionné de cinéma. Dès qu'il pouvait illustrer un cours par un extrait de film, il monopolisait le magnétoscope, au grand plaisir de ses élèves.
– Vous allez donc assister à la course de *Ben Hur*, annonça-t-il.
L'écran de la télévision s'alluma.
– Quand j'irai mieux, tu viendras voir *Last Action Hero* ? demanda Daniel en ôtant ses lunettes dans la pénombre. Il repasse en ce moment.
Il avait adoré ce film. Il y avait déjà traîné sa mère et la plupart de ses amis, sauf Aurélia qui n'aimait pas Schwarzenegger.
– Bon, d'accord, souffla Aurélia. Mais c'est...
– La ferme ! fit la voix agacée de Julien, juste derrière eux.
Il était en colère contre Daniel qui venait

encore de lui voler la vedette. Déjà ce matin, quand tout le monde parlait de ses cadeaux de Noël, Daniel, était arrivé avec ses lunettes de soleil et sa minable conjonctivite. Du coup, Julien n'avait pas pu montrer l'appareil photo qu'il avait reçu et dont il était particulièrement fier. Et voilà qu'il avait fini par convaincre Aurélia d'aller voir ce fichu film ! C'était beaucoup pour une seule journée.

Julien eut soudain une excellente idée. Il extirpa son appareil photo de son cartable. Il y avait un flash incorporé.

– Daniel ? fit Julien.

Daniel se retourna. Julien appuya sur le déclic, et le flash brilla dans l'obscurité.

Chapitre 2

Dans les ténèbres

Il y eut d'abord la lumière. Puis la douleur. Comme si on lui avait jeté des brandons* enflammés dans les yeux. Instinctivement, Daniel ferma les paupières, se protégea avec ses mains, redoutant un deuxième flash.

– Arrête, gémit-il.

* brandon : torche de paille enflammée servant à éclairer.

– Espèce de crétin ! cria Aurélia, furieuse.
– Mais qu'est-ce que c'est cette plaisanterie idiote ? Allume, Michel ! gronda la voix de Larcher.
Julien, boudeur, remballa son appareil photo.
– Bon, ça va, je voulais juste montrer qu'il fait du cinéma, le chouchou d'Aurélia !
– T'es vraiment nul, mon vieux, murmura Daniel.
Il avait retiré les mains de son visage, mais n'osait pas encore rouvrir les yeux. Il chercha ses lunettes à tâtons. Aurélia les lui glissa entre les doigts.
Daniel les remit et desserra les paupières.
– Je crois que ça ira, vous pouvez rallumer.
Il y avait eu des murmures indignés ou amusés après l'explication de Julien. Et ce fut brusquement le silence.
– Qu'est-ce qu'il y a ? s'étonna Daniel, vaguement inquiet.

Il sentit une petite main serrer la sienne. Il devina que c'était celle d'Aurélia.

– C'est allumé, Daniel, fit la voix de Larcher.

– C'est pas vrai ! cria Daniel d'un ton lamentable.

Il ôta ses lunettes. Aussitôt les braises se rallumèrent dans ses yeux et il baissa les paupières, pressa ses mains dessus. Julien blêmit.

– C'est de la blague, dis ? Daniel... Tu veux me flanquer la trouille ? Tu as réussi ! Arrête ! bredouilla-t-il, paniqué.

Daniel renifla. Il avait commencé à pleurer de douleur et de désespoir, et même ses larmes lui faisaient mal.

– Je ne vois rien, c'est tout ! Je m'en fiche de toi ! Je ne vois rien ! Rien !

Il n'avait pu s'empêcher de hurler.

– Allez chercher Karine, vite ! ordonna Larcher.

– J'y vais ! proposa Julien, se levant prestement, incapable de soutenir le regard accusateur des autres.
Et il galopa vers l'infirmerie.

Marielle regarda avec inquiétude son fils qui tâtonnait à travers le salon, les mains tendues pour ne pas buter contre les meubles ou les murs.
Les yeux de Daniel étaient recouverts d'une bande de gaze. Karine, l'infirmière du collège, l'avait accompagné aux urgences puis avait appelé sa mère pour qu'elle les rejoigne. Un interne s'était occupé de Daniel, expliquant que ce n'était pas trop grave, qu'il verrait à nouveau. Mais à condition de rester dans l'obscurité totale pendant quelques jours.
– Et zut ! fit Daniel en se cognant contre un fauteuil.

– Tu devrais te reposer, conseilla Marielle.
– Non ! Je veux d'abord me repérer un peu... que je puisse au moins aller aux toilettes tout seul quand tu ne seras pas là ce soir.
– Mais tu plaisantes ! Je reste avec toi ce soir ! se récria Marielle. Comment pourrais-je...
– Pas question ! interrompit Daniel. Tu ne peux pas rater ta pièce !
– Oh, ne t'inquiète pas pour ça ! Jacques prévoit toujours une doublure pour les rôles principaux.
Daniel était catastrophé. Il pensait avoir agi intelligemment en refusant de rester à l'hôpital malgré l'insistance de l'interne et de sa mère. Il s'imaginait qu'elle préférerait le savoir douillettement installé dans leur appartement.
– Mais, de toute façon, les soirs où tu aurais joué, je serais resté seul !

– Je sais, fit doucement Marielle.

Et Daniel sentit à sa voix qu'elle était très émue.

– Je me dis que je n'aurais peut-être pas dû accepter ce rôle, je ne m'étais pas rendu compte...

Daniel ouvrit les bras. Sa mère le serra contre elle, très fort et très tendrement.

– Maman, je n'aurai pas peur, je te jure. J'avais tout prévu, tu sais, ma musique, mes bouquins et... Et puis, j'ai onze ans !

– Mais, Daniel, ce soir, tu ne peux pas lire ni...

– Je sais ! Je sais mieux que toi ! Mais je sais aussi que tu ne peux pas rater cette première. Tu as trop travaillé pour laisser tomber maintenant. Je me débrouillerai, ne t'inquiète pas. Je me coucherai tôt, et demain tu me raconteras tout, les applaudissements, les bouquets de fleurs qu'on t'aura offerts...

– Et si je demandais à quelqu'un de venir ? Aline ou la mère de Franck ? Oh, si on connaissait mieux les voisins !

– Pas question ! Je préfère être tout seul ! D'abord, Aline sera au théâtre comme tous tes amis, et la mère de Franck est trop crampon. Elle me raconterait sa vie toute la soirée, et je ne pourrais même pas me coucher !

Daniel devina le sourire de sa mère. Elle connaissait pertinemment la mère de Franck, l'un des meilleurs copains de Daniel.

– Écoute, maman, reprit Daniel. Ne me fais pas le plan mère poule. Je vais me débrouiller. Je te jure. Zut ! J'aurais dû rester à l'hosto. Tu n'aurais pas eu ces scrupules idiots.

– Non. Je crois que j'aurais eu encore plus peur. Excuse-moi. Je ne suis pas à la hauteur, ce soir. Et si j'appelais ta grand-mère ?

Cette fois Daniel éclata de rire :

– D'abord, elle ne ferait pas cent kilomètres le soir pour t'aider ! Et si elle le faisait, elle passerait la soirée à me dire que tu aurais dû épouser Georges ou Tartempion qui est banquier, ça, au moins, c'est un métier sûr. Et pas un saltimbanque qui...
Marielle embrassa vivement Daniel :
– Et pas un saltimbanque qui m'a plaquée en me laissant un merveilleux gosse comme toi. Tu veux manger ? On se fait une pizza ? Je te laisserai des fruits et du chocolat à côté de toi... Ça ira ? Vrai ?
– Vrai.

Il avait tenu à accompagner sa mère jusqu'à la porte. Il voulait lui redire de ne pas s'inquiéter, lui souhaiter bonne chance. Puis il avait parcouru lentement l'appartement. Il l'avait déjà fait plusieurs fois avec sa mère, mais il voulait s'habituer seul. De nouveau, il se dit qu'il allait rester aveugle. Mais non. L'interne lui avait affirmé que tout s'arrangerait en quelques jours. Il se traita de lâche, pleura en butant contre un meuble.

Depuis qu'il ne voyait plus rien, tous les sons résonnaient étrangement fort. Les voitures sur le boulevard Blanqui. Les tuyauteries de l'immeuble. Et même le bruit de ses pas.

Le téléphone sonna à deux reprises... Il lui fallut un temps infini pour atteindre l'appareil. La première fois, c'était Aurélia, et il fut heureux d'entendre sa voix.

La deuxième fois, c'était Julien. Il semblait mort d'inquiétude et rongé par le remords. Daniel le rassura. Ils parlèrent comme deux amis, et Daniel était presque heureux du résultat de la plaisanterie stupide et méchante de Julien. Ils se jurèrent une amitié éternelle.

Daniel proposa même à son ami d'aller voir *Last Action Hero* avec Aurélia.
Enfin, il se sentit terriblement fatigué. À grand-peine, il parvint à la salle de bains où il s'autorisa une toilette sommaire. Il prendrait une douche demain quand sa mère pourrait l'aider.
Il se coucha. Quelle heure pouvait-il être ? Il pensa à sa mère qui devait être en plein triomphe, applaudie par des centaines d'admirateurs. Il eut envie d'être au matin pour l'entendre raconter cette fameuse première.

L'homme regarda à nouveau sa montre. Une heure du matin. Il avait froid, malgré le chauffage de la voiture. Franval n'était pas encore rentré. Il avait passé toute la journée à vérifier les ordinateurs dans les différentes succursales de la banque.

L'homme attendait là depuis sept heures du soir, l'heure à laquelle Franval aurait dû rentrer. Il avait d'abord prévu de lui demander un entretien, pour savoir s'il avait réellement remarqué quelque chose d'anormal. Il voulait lui laisser une chance. Mais après quelques heures de réflexion dans sa voiture, il était décidé à ne pas courir de risque. Il espérait seulement que Franval n'était pas déjà en train de tout raconter au grand patron.

Brusquement, il se souvint que Franval devait aller au théâtre ce soir-là, voir une nouvelle pièce. Un de ses amis lui avait procuré une invitation pour la première.

L'homme se racla la gorge. Il aurait pu y penser plus tôt. Cela lui aurait évité d'attendre pour rien. Quoi que... Franval aurait pu changer d'avis et rentrer directement chez lui après son travail.

La pièce avait été un triomphe. Il y avait eu une dizaine de rappels, et Jacques lui avait glissé à l'oreille qu'ils étaient surtout pour elle. Mais maintenant, Marielle n'avait qu'une envie : rentrer chez elle, vérifier si Daniel dormait sagement. Elle avait un peu honte de l'avoir oublié pendant la pièce. En effet, dès la première réplique, elle n'avait plus pensé qu'à Emma, son personnage.

– Je suis fatiguée, murmura Marielle. Je préfère rentrer.

Jacques Martial la retint par le bras.

– Pas question ! Tu es la reine de la soirée. Tu viens avec nous. Je tiens absolument à te présenter à Morel. Il cherche une comédienne pour un film. J'ai lu le scénario, tu serais parfaite dans le rôle principal. Allez, viens !

– Jacques, je t'en prie, mon fils est...

– Je te filerai le numéro d'une baby-sitter ! Viens !

Christian Franval se gara sous le métro aérien. Il avait la flemme de rentrer sa voiture au parking. Il était ravi de sa soirée. La pièce qu'il avait vue était excellente, et la comédienne qui jouait le rôle principal était parfaite. Il lui semblait la connaître. Peut-être l'avait-il vue dans un film ? Il avait ensuite dîné dans un bon restaurant avec des amis, qui avaient adoré la pièce eux aussi, et il avait presque oublié ses soucis. Ils lui revinrent en force. Il voulut les chasser en pensant à la jolie comédienne qui jouait le rôle d'Emma.
Un léger bruit de pas se fit entendre derrière lui alors qu'il verrouillait sa voiture.

Quelque chose le réveilla. Daniel mit quelques instants à comprendre ce que c'était. Un cri. Un toussotement bizarre qui se termina par une note suraiguë. Et puis des râles qui résonnèrent dans le silence de la nuit. Machinalement, il alluma la lumière. Ses yeux se mirent aussitôt à pleurer. Il les ferma et comme les râles s'accentuaient, il se leva lentement.

Il se dirigea vers la fenêtre à tâtons, sortit sur le balcon et rentra aussitôt, surpris par le froid. Il se rendit compte qu'il n'avait pas fermé les volets. Les râles s'étaient arrêtés net, mais la toux continuait.

Daniel eut très peur. Quelqu'un était peut-être blessé ? Il se demanda ce qu'il devait faire. Il voulut appeler, mais il se ravisa. Il ne savait même pas quelle heure il était.

L'homme avait donné plusieurs coups de couteau, espérant qu'au moins l'un d'eux serait mortel.
Il n'avait pu s'empêcher de tousser encore, et une lumière s'était allumée dans l'immeuble d'en face. Un gamin était apparu sur un balcon. L'homme s'était aussitôt rejeté en arrière, derrière un pilier, entraînant avec lui le corps inerte de Christian Franval. Il devait s'empêcher de tousser à nouveau, et s'étouffait presque. Le gosse était vite rentré dans l'appartement. L'homme avait laissé tomber le corps de sa victime et s'était précipité vers sa voiture.

Daniel entendit une voiture démarrer. C'était stupide. Il avait trop d'imagination. Il n'était pas dans un polar ! Il n'avait qu'à se recoucher et dormir. Il devait déjà être très tard. Il n'y avait jamais personne dans le quartier, la nuit... Mais si quelqu'un souffrait, là, dehors, à quelques mètres de lui ? Daniel rassembla tout son courage et tâtonna jusqu'au téléphone. Il compta et recompta les touches. Composa enfin le 1, puis le 7.

– Excusez-moi de vous déranger, monsieur, mais je crois qu'il y a quelqu'un de blessé en bas de chez moi... Enfin, je ne sais pas trop, j'ai entendu des cris.

L'inspecteur Malus, que ses amis surnommaient Bonus à cause de ses succès, et les jaloux l'Antillais parce qu'il venait de Fort-de-France, leva les yeux au ciel. Encore un gosse en mal d'aventures palpitantes ! Cela lui était déjà arrivé et le surprenait toujours. Depuis deux mois qu'il était à Paris, il n'avait eu droit qu'à des petites affaires minables, et il lui tardait de s'atteler à un vrai crime. Prouver

qu'il méritait son surnom d'inspecteur Bonus.
– On devrait interdire tous les *Rambo* et *Terminator* aux gosses de moins de vingt ans, soupira-t-il en s'adressant à un agent à côté de lui. Pourquoi tu crois qu'il y a quelqu'un ? T'as rien vu ? fit-il dans le téléphone.
– Je... ne vois rien. J'ai eu un accident, et... Je ne vois rien. Mais j'ai entendu un cri. C'est ça qui m'a réveillé. Je ne voudrais pas vous déranger, mais...
La voix était fragile, comme mouillée de larmes et de peur. L'inspecteur Malus se radoucit. Après tout, ce n'était peut-être pas un gamin hystérique.
– Et tes parents ? Pourquoi ne les as-tu pas appelés ?
– Maman est encore au théâtre. Je veux dire, elle est comédienne et c'est ce soir la

première, et mon père, je ne le connais pas.
Les derniers mots n'étaient qu'un murmure.

– On vient, petit. Donne-moi ton nom et ton adresse.

Le policier nota soigneusement les indications du gamin.

Finalement, ce n'était peut-être pas une blague. Et quand bien même, il préférait tomber dans le panneau plutôt que de courir le risque de laisser un pauvre type agoniser dans le froid... et rater sa première affaire.

Chapitre 3

Le meurtre

– S'il s'en sort, ce sera grâce à toi, dit l'inspecteur Malus.
Daniel haussa les épaules.
– J'ai pas fait grand-chose, murmura-t-il.
Il se sentait un peu mal à l'aise. Après avoir donné son coup de téléphone, il s'était habillé. Le policier lui avait dit qu'il viendrait prendre sa déposition, même s'il ne

trouvait personne. Il avait sonné, et Daniel avait eu peur de lui ouvrir. Mais il avait été rassuré en reconnaissant sa voix. Il n'était pas très sûr de s'être vêtu correctement. En fait, son pull était à l'envers, et l'inspecteur Malus n'avait pas osé lui en faire la remarque. Il se sentait gêné devant ce petit garçon timide, aux yeux cachés derrière des lunettes de soleil, à deux heures et demie du matin.

– Et tu n'as rien vu ? fit l'inspecteur.

Il regretta aussitôt sa question en voyant deux grosses larmes rouler sur les joues du gamin.

– Je suis désolé, souffla-t-il.

– C'est pas grave, murmura Daniel en essuyant ses larmes.

– Tu peux me répéter comment ça s'est passé ?

Daniel répéta encore une fois, confus de ne

pas avoir plus d'informations à fournir au policier :

– J'ai entendu des pas rapides et une voiture qui démarrait, mais... Je ne peux pas jurer que c'était l'assassin. J'avais la trouille... Et les bruits résonnent tellement dans...

Daniel se mordit les lèvres. Il se sentait à nouveau terriblement vulnérable dans le noir.

– Possible que ce soit le meurtrier. Il est tard, et il n'y a guère de monde à cause du froid, fit l'inspecteur Malus.

Une clef tourna dans la serrure et le visage de Daniel s'éclaira :

– C'est maman !

L'homme se racla nerveusement la gorge. Ils ne parlaient que de ça. Tous. L'agression contre Franval éclipsait tous les potins, ce matin, à la banque. Cependant il n'était pas vraiment inquiet. Le grand patron était très

bien renseigné et lui avait fort aimablement appris ce qui l'intéressait. Franval n'était peut-être pas mort, mais son coma allait durer des jours, voire des semaines.
Tout allait bien. Il l'aurait préféré mort, mais il n'en était pas moins soulagé. Dans deux jours, il prendrait l'avion pour un endroit où personne ne pourrait plus rien contre lui. Un pays merveilleux où l'argent valait tous les passeports. Un pays d'où il serait impossible de le faire sortir. Plus que deux jours. Il ne pouvait pas se permettre de partir plus tôt, les soupçons se porteraient immédiatement sur lui.
Et si Franval sortait de son coma avant ? Mais non. De toute façon, il était certain que cet imbécile ne l'avait pas reconnu : il avait pris garde de ne pas se laisser aller à son fameux toussotement avant le premier coup de couteau.

Bientôt, il enverrait une lettre de démission, arguant d'un coup de foudre pour une belle indigène, et le détournement de fonds ne serait pas découvert avant des années. Peut-être même jamais.
Le seul problème, c'était le gosse. Il avait dû le voir du haut de son balcon et il pourrait sûrement le décrire. Un flic un peu astucieux n'aurait qu'à lui montrer des photos de tous les employés de la banque.
Et si le gosse mourait ? Tuer un enfant ne devait pas être bien difficile. Comme le disait si souvent Hercule Poirot, « c'est le premier meurtre qui compte ». Encore fallait-il retrouver le gamin.

Daniel ouvrit les yeux et les referma aussitôt. Il ne voyait toujours rien, et cela le déprimait. Il remua doucement, craignant d'éveiller sa mère. Pour la première fois depuis très longtemps, il avait dormi avec elle. Il avait eu peur de se retrouver seul dans sa chambre, sachant que rien ne pourrait éclairer ses ténèbres. Sa mère semblait soulagée elle aussi de dormir avec lui. Elle avait eu un sacré choc en trouvant la police chez elle, en apprenant qu'un de ses voisins avait été victime d'une tentative d'assassinat. Et que son fils avait été le témoin involontaire de cette agression ! Un témoin involontaire et aveugle...

Quelque chose revint à la mémoire de Daniel, puis s'enfuit sans qu'il eût le temps de se rendre compte de ce que c'était. Un détail qu'il avait oublié de signaler à la police. Quelque chose qu'il avait entendu... Mais quoi ?

Marielle ouvrit les yeux.

– Ça va ? demanda-t-elle.

– Oh ! Excuse-moi si je t'ai réveillée... Oui, ça va.

– Et tes yeux ? Tu...
– Non, je ne vois encore rien, si c'est ce que tu veux me demander, interrompit Daniel d'une voix sourde.
Marielle bondit hors du lit :
– Je vais nous préparer un méga petit déjeuner !
– Génial ! Tu crois qu'on peut avoir des nouvelles de monsieur Franval ? demanda Daniel en se levant.
– Je vais essayer, fit Marielle. Attends, je t'aide !
Daniel s'était levé, mais il restait planté devant le lit, perdu.
– Je me repère pas, murmura-t-il.
Marielle secoua la tête et écrasa une larme qui voulait s'échapper de son œil gauche. Celui qui pleurait le premier. Puis elle prit son fils par le bras et le conduisit lentement à la salle de bains.

Le commissaire Mondor était de mauvaise humeur :
– Interrogez ses voisins, ses amis, ses collègues... La routine, quoi ! grogna-t-il.
– Et si c'était simplement un cinglé qui voulait lui piquer son portefeuille ? suggéra l'inspecteur Chalabert.
– Ça m'étonnerait ! Le type devait être en planque. Le gosse a entendu une voiture démarrer juste après les cris, intervint l'inspecteur Malus.
Chalabert lui lança un regard narquois :
– Hé, l'Antillais, on n'est pas à la Martinique ici ! Nous, on a un peu plus l'habitude de ce genre d'affaires que toi !
Malus n'aimait guère qu'on se serve d'un constat géographique pour le critiquer.
– J'essaie simplement de n'écarter aucune piste, répondit calmement Malus. Ni mari jaloux ni assassin de hasard.

Son collègue voulut répliquer, mais le commissaire l'en empêcha :
– Assez ! J'aimerais que mes hommes ne se conduisent pas comme des mômes dans une cour de récréation. Moi, la couleur d'une peau, je m'en fiche. Ce qui m'importe, c'est la valeur. Et je connais la vôtre, Malus. Votre hypothèse est intéressante. L'assassin devait attendre Franval... Bon, au boulot à présent !
Tous se levèrent. En sortant du bureau du commissaire, Chalabert retint l'inspecteur Malus par le bras.
– Excuse-moi, je suis à cran en ce moment... Je ne pensais pas ce que je disais. Cet après-midi j'espérais tellement être en congé, et je crois que c'est raté, alors, je deviens idiot...
Malus sourit :
– OK, laisse tomber ! Mais, j'y pense... Le

gosse, il est sorti sur le balcon ! Faut... Oh, Bon Dieu !
Il planta là son collègue et fonça dans le bureau du commissaire.

Marielle tendit une tartine beurrée à son fils.
– Oh ! Daniel ! S'il t'avait vu ? fit-elle d'une voix si inquiète que son fils manqua la tartine. Sa main battit stupidement dans le vide.
Marielle s'en rendit compte et guida la main jusqu'au toast.
– Merci. Euh... qui ? demanda Daniel en mordant à pleines dents dans la tartine.
– Mais le meurtrier, bien sûr ! Tu es sorti sur le balcon, n'est-ce pas ? Il t'a peut-être vu, lui !
Elle criait à présent. Daniel se mit à trembler. Il n'avait pas du tout pensé à ça.

– Je ne sais pas, répondit-il d'une petite voix.
– Tu ne peux pas rester ici. Je vais te conduire chez maman... Non ! Elle paniquerait, et elle ne te ficherait pas la paix ! Chez Aline, alors ! Tu seras très bien là-bas, personne ne te trouvera...
– Maman, arrête ! S'il te plaît ! Je préfère rester ici. Au moins je suis chez moi... Je commence même à ne plus me prendre les pieds dans les meubles.
– Mais pour deux ou trois jours seulement ! insista Marielle. Et puis ne discute pas. J'appelle Aline.
Elle se leva. Il réussit à attraper son bras et s'y cramponna.
– Je t'en prie, m'man ! J'aurai encore plus peur si je ne suis pas chez moi.
La jeune femme se rassit.
– Je comprends, Daniel, mais j'ai peur moi aussi, je ne veux pas qu'on te fasse du mal.

Elle se mit doucement à pleurer. Daniel resta silencieux. Il se sentait horriblement vulnérable. La sonnerie du téléphone les fit sursauter. C'était l'inspecteur Malus.

– Vous voyez, comme ça, si jamais le meurtrier se pointe, on l'épingle, fit l'inspecteur Malus.

Marielle hocha la tête, à moitié rassurée. Le policier lui avait expliqué qu'il allait veiller à la sécurité de Daniel, au cas où le meurtrier l'aurait aperçu.

– Mais ce n'est pas évident du tout. Il n'a peut-être pas levé la tête quand votre fils est sorti. Il devait être occupé à... bref. On préfère ne pas prendre de risques, c'est tout. Il est à peu près certain qu'il ne se passera rien.

– Tu vois bien que tu n'as pas à t'inquiéter, renchérit Daniel.

Au fond, il trouvait ça plutôt amusant. Maintenant qu'il allait être protégé, il n'avait plus peur et se disait que l'inspecteur avait raison, l'assassin n'avait pas dû le voir.
– Tu peux aller à ta répétition, dit-il encore. Tu m'as dit que ton metteur en scène voulait toute l'équipe sur le plateau à onze heures et demie, ce matin.
– Rassurez-vous, madame, il y aura toujours quelqu'un avec lui, répéta l'inspecteur.

L'homme se racla la gorge. L'interrogatoire était enfin terminé et il avait l'impression de s'en être bien tiré. Comme tout le monde, il avait fait l'apologie du travail de Franval, espérant qu'on retrouverait au plus vite son agresseur. Il avait incidemment glissé à l'inspecteur qui l'interrogeait qu'il partait le surlendemain pour Londres. Bien sûr, il n'avait pas dit où il irait après. Le policier n'avait formulé aucune objection. Il ne lui restait qu'à se débarrasser du gamin. Et vite. La chance le servit alors qu'il se demandait comment retrouver un gosse dans un si grand immeuble. Le policier qui venait de l'interroger, l'inspecteur Chalabert, fut appelé au téléphone.

– Je vais faire la nounou, grogna-t-il en raccrochant. Comme si je n'avais pas autre chose à faire qu'à garder un gosse !

L'homme prit un air compatissant :

– Un neveu ?

L'inspecteur haussa les épaules d'un air rageur. Pour un peu, il regrettait les excuses qu'il avait présentées à Malus.

– Pire que ça, un témoin !

Monsieur le sous-directeur retint un raclement de gorge. De satisfaction, cette fois.

Chapitre 4

Subterfuge

La fin de matinée s'était passée calmement. L'inspecteur Malus avait commandé un repas chez un traiteur. Il n'était pas d'humeur à cuisiner. D'ailleurs, c'était plutôt un habitué des petits restos et des surgelés.

– Tu veux encore un peu de mousse au chocolat ? proposa-t-il.

– Non, merci. Je n'ai plus faim.

L'inspecteur commença à débarrasser la table.

– Je me sens un peu inutile, j'aimerais vous aider, fit Daniel.

– Oh ! Il n'y a pas-grand chose à faire, à part jeter les restes...

Il avait craint de devoir l'aider à manger, et il avait été soulagé de constater que Daniel y arrivait tout seul.

– Vous croyez vraiment qu'il peut venir, ce type ? Au fait, ce type... c'est peut-être une femme ?

– D'après l'emplacement des coups, c'est un homme, ou alors une femme vraiment très grande et très forte. Je ne pense pas qu'il viendra mais on ne sait jamais...

– Vous ne pourrez pas me protéger toujours, n'est-ce pas ?

Le policier toussota, gêné. Le commissaire lui avait donné trois jours.

– Non, avoua-t-il.

Daniel croisa frileusement les bras.

– J'espère que je verrai bientôt, et que je pourrai me méfier si... Mais comment, puisque je ne sais pas à quoi il ressemble ? s'écria-t-il.

– On va le trouver avant, assura l'inspecteur.

Daniel sourit bravement et rajusta les lunettes de soleil qui avaient glissé sur son nez.

– J'aimerais mieux. Ce n'est pas trop pénible, les volets fermés ?

– Non, non. C'est plutôt toi qui dois être gêné à cause des lampes. Sans moi, tu te reposerais dans le noir au lieu de me tenir compagnie.

– C'est pas drôle d'être seul quand on ne voit rien. Vous restez toute la journée ici ?

– Non. Je devrai te laisser pour quelques heures, parce que je dois... mais ne t'inquiète pas, un de mes collègues va me remplacer, il est très sympa. Il s'appelle Edmond Chalabert.

En réalité, l'inspecteur Malus espérait que Chalabert ne passerait pas sa mauvaise humeur sur le gosse. Il n'avait pas été enthousiaste du tout à l'idée de servir de garde du corps !

– Tu connais les Antilles ? demanda Malus pour changer de conversation.

– Non, c'est un peu trop cher pour ma mère et moi... C'est beau ?

Ludovic Malus sourit :

– C'est mon pays...

Bien. Le gamin était chez lui. L'homme l'avait appris grâce à Chalabert : l'inspecteur avait rendez-vous avec la femme de sa vie, et se retrouvait à veiller sur un gamin. Il était tellement déçu qu'il avait été ravi de partager une bière avec le sous-directeur.

Il lui avait raconté que, par une drôle de coïncidence, Franval était allé voir la pièce dont la mère du gosse était la vedette. Une première où il avait été invité.
Il n'y avait eu qu'une première la veille à Paris, et Marielle Vargas n'était pas un pseudonyme. L'homme avait repéré son nom sur l'interphone. Il y avait aussi le prénom de son fils. Daniel.
L'homme se racla la gorge. Tout irait bien. Forcément bien.

Le téléphone avait sonné alors que l'inspecteur Chalabert se servait un café dans la cuisine des Vargas. Daniel décrocha. C'était Aurélia.
– Tu veux qu'on passe ? lui proposa-t-elle.
– C'est très gentil, mais je préfère pas... Ça va mieux, je t'assure, répondit Daniel. À bientôt, je t'embrasse.

Il était touché de la sollicitude d'Aurélia et en même temps il se sentait humilié. Il raccrocha lentement.
– C'est ta petite copine ? demanda l'inspecteur Chalabert, qui voulait se montrer aimable.
Daniel sourit :
– Oui.
– Elle est mignonne ?
– Très. Et pas bête pour une fille... Euh, je dis ça surtout pour la faire râler.
Daniel aussi voulait se montrer aimable. C'était plus simple.
L'inspecteur Chalabert lui paraissait moins sympa que l'inspecteur Malus. Si Daniel avait osé, il se serait réfugié dans sa chambre, pour écouter de la musique ou simplement pour rêver. Mais ça ne se faisait pas.
De son côté, le policier se sentait gêné par

ce gamin qui se déplaçait si lentement, avec ses lunettes de soleil sur le nez. Il avait presque envie de le guider, mais il se doutait que Daniel n'apprécierait pas.

De nouveau, le téléphone sonna alors que Daniel ne s'était pas encore éloigné de l'appareil.

– C'est pour vous, fit-il en tendant le téléphone.

Une voix un peu sèche s'adressa à Chalabert. « Inspecteur Lantier », se présenta la voix.

– Bonne nouvelle, Chalabert ! Malus vient de coincer l'assassin de Franval chez nous, dans le Ve arrondissement. Je vous téléphone de sa part, car il est salement occupé, hum... Vous pouvez prévenir le petit Daniel qu'il n'a plus rien à craindre. Et l'inspecteur a dit que vous pouviez partir si vous voulez, il sait que vous étiez... que vous aviez des projets pour cet après-midi.

Le visage de Chalabert s'illumina. Il pouvait encore rattraper son rendez-vous avec Alice ! Finalement, Malus méritait bien son surnom de « Bonus », et c'était très chic de sa part de l'avertir aussi vite.

Il se tourna vers Daniel :

– Tout est OK. Malus l'a eu, l'assassin de Franval.

Devant l'air surpris du gamin, il se sentit obligé de demander quelques précisions. Il se reprocha de ne pas l'avoir déjà fait.

– C'est qui ? demanda-t-il dans l'appareil.

– Un fiancé jaloux.

– Un imbécile, quoi ! Merci du tuyau.

L'inspecteur Chalabert toucha gentiment l'épaule de Daniel.

– Tu veux que je reste jusqu'au retour de ta mère ? proposa-t-il.

Mais sa voix était un peu hésitante. Daniel pensa à sa chambre tranquille et confor-

table, aux disques qu'il avait envie d'écouter, seul. Il se demanda juste comment il pourrait repérer ses CD favoris. Mais, après tout, il les aimait tous.
– Non, ça ira, je vous assure. Merci de me l'avoir proposé.
Chalabert sourit, plein de gratitude. Au fond, ce gosse était vraiment sympathique.
– Daniel est d'accord pour rester seul. Je file. À moins que je doive passer au QG ?
– Pas la peine. C'était votre après-midi de congé, non ? Je signale votre départ. Bonne fin de journée !

L'homme sourit en voyant l'inspecteur Chalabert démarrer sur les chapeaux de roues. Il était pressé de retrouver sa petite amie. Le temps que la police se rende compte qu'il avait quitté son poste, Daniel Vargas serait déjà mort.

Le sous-directeur savait qu'il avait du temps devant lui, la mère du gosse ne rentrerait pas avant la fin de la répétition.
Il attendit patiemment qu'une dame chargée de sacs entrât, et il lui tint poliment la porte. Il appela même l'ascenseur pour elle. Comme il s'y attendait, elle le regarda à peine.

Dès le départ de l'inspecteur Chalabert, Daniel avait éteint toutes les lumières. Il se sentait mieux dans l'obscurité, il pouvait enlever ses lunettes.
Grâce au collyre prescrit par l'interne, ses yeux ne le brûlaient presque plus, et il reprenait espoir.
En attendant le retour de sa mère, il s'était allongé et il avait réussi à placer un CD sur sa chaîne. Un album des Simple Minds. Ça tombait bien, c'était un de ses groupes pré-

férés. Il avait à peine eu le temps d'écouter deux chansons que la sonnette de la porte d'entrée retentit.
Il éteignit la chaîne laser. Il avait un peu peur... Mais il se rassura en se disant que l'assassin avait été capturé. C'était peut-être Aurélia ou Julien, qui venaient quand même, malgré son refus ?
Peut-être une voisine ? Des amis de sa mère ? Ou un vendeur de brosses ?
Il voulut ignorer la sonnerie, mais elle recommença, plus insistante. Daniel poussa un soupir, se leva à regret et se dirigea lentement vers la porte d'entrée, maudissant ses yeux aveugles. Il remit ses lunettes et alluma l'électricité.
– Qui est-ce ? demanda-t-il à travers la porte.
– Inspecteur Daumier. Chalabert a eu des remords, il m'a demandé de rester avec toi jusqu'au retour de ta mère.

Daniel soupira. Au diable les remords d'Edmond Chalabert ! Mais il ne voulait pas se montrer impoli. Il ouvrit la porte.

Chapitre 5

L'assassin

L'homme sourit. C'était presque trop facile. Personne dans les couloirs, et ce gosse qui lui ouvrait si innocemment sa porte. Il reconnut aussitôt le blondinet et s'étonna de ses lunettes noires, de son impassibilité. Des volets encore fermés.

– Tu joues à la taupe ? Ou tu t'entraînes pour être spéléologue ? plaisanta-t-il en entrant.

– Oh ! Il ne vous a pas dit ? Monsieur Chalabert voulait vous faire la surprise ? Je ne vois rien du tout, répondit Daniel d'un ton amer en refermant lentement la porte.
L'homme considéra le petit garçon avec attention :
– Comment ça, tu ne vois rien ? Depuis quand ?
Le gamin répondit brièvement.
Ainsi, il n'avait rien vu du balcon. Il était déjà aveugle à ce moment-là !
– Mais tu as allumé la lumière, non ? Et tu as téléphoné à la police.
Daniel haussa les épaules.
– Oh, la lumière, j'ai allumé sans y penser, vous savez, par habitude, et j'étais trop... J'ai même pas pensé à l'éteindre. Il y avait eu ce cri, et ces râles... J'ai pensé qu'il valait mieux appeler la police plutôt que ne rien faire.

– C'était courageux.

L'homme retint un soupir de soulagement. Il n'avait plus rien à faire ici. Le gamin ne savait pas qui il était, il ne pourrait pas le dénoncer. L'homme courait un risque inutile en s'attardant.

Mais si le gosse jouait la comédie ? S'il l'avait reconnu et n'avait trouvé que ce moyen pour se défendre ? On ne sait jamais avec les enfants... et les témoins dangereux.

– Écoute, je m'y connais un peu en médecine. J'ai commencé des études avant d'être flic... Je peux voir tes yeux ?

Daniel hocha la tête, ôta ses lunettes et leva docilement un visage confiant vers lui, clignant des yeux à cause de la lampe.

L'homme regarda les yeux gris et vides qui le fixaient, déjà remplis de larmes, rougis et douloureux. Daniel renifla.

– Excusez-moi, ça fait un peu mal, la lumière.

– Et même très mal, n'est-ce pas ? Remets vite tes lunettes, ce n'est pas si grave, ça s'arrangera bientôt.
– Merci... Si vous voulez du café, il y en a encore, proposa Daniel en montrant la cuisine.
L'homme hésita. Le plus raisonnable était de partir sur le champ. Mais il ne fallait pas affoler le gosse. Il pourrait se méfier. Peut-être crier par la fenêtre. Peut-être y avait-il d'autres policiers ?
Il fallait partir en douceur. Surtout ne pas prendre la fuite.
– Je veux bien, merci, accepta l'assassin.
Et il se racla nerveusement la gorge. Daniel dressa l'oreille. Il lui semblait avoir déjà entendu ce bruit.
– C'est drôle, on dirait... commença-t-il, puis il se tut.
– Quoi ? fit l'inspecteur.

– Rien, rien. Il faudrait peut-être que vous réchauffiez le café ?
– Ne t'inquiète pas, ça ira, je le préfère froid.
Daniel sourit. Il se força à rester impassible : l'autre ne devait se douter de rien. À présent, il se souvenait très bien où et quand il avait entendu ce raclement de gorge. C'était sur le balcon, quand il avait assisté au meurtre sans le savoir. Voilà ce qu'il avait oublié de signaler !
Et pourtant, c'était impossible. L'assassin avait été capturé. Et il devait y avoir des milliards de gens qui se raclaient la gorge. Mais pas comme ça.
L'homme émit encore ce toussotement si particulier. Oui, Daniel l'avait déjà entendu, seul dans sa nuit, dans le silence du boulevard. C'était un son trop particulier pour ne pas être reconnu. Il se souvint brusquement qu'il n'avait pas pris la peine de signaler à

la police qu'il avait allumé cette nuit-là...
Il entendit le glou-glou du café qu'on versait dans une tasse. Une cuillère qu'on tournait.
Il tenta de maîtriser sa peur. On avait bien téléphoné à Chalabert pour annoncer la capture de l'assassin. Mais si c'était juste une ruse pour l'attirer à l'extérieur? Et si cet homme n'était pas un policier? Mais alors... c'était l'assassin! D'ailleurs, seul l'assassin pouvait savoir qu'il y avait eu de la lumière!
Daniel entendit les pas de l'homme se diriger vers le salon. Il essaya d'évaluer la distance qui le séparait de la porte. Dans sa panique, il ne savait même plus si elle se trouvait à gauche ou à droite. Les pas se rapprochèrent encore.
Sortir! Quitte à se rendre ridicule s'il se trompait. Mais ne pas courir le risque de

se faire tuer chez lui, comme un canari par un chat qui aurait ouvert la cage. Instinctivement, il recula quand il sentit l'homme se rapprocher.

– Qu'est-ce qui t'arrive ? Tu es bien pâle.

Daniel se força à sourire. Il avait encore une chance de s'en tirer. L'homme avait compris qu'il était aveugle. C'est pour ça qu'il ne l'avait pas encore tué. Il ne fallait pas lui laisser deviner qu'il avait reconnu sa toux.

– Rien... Je suis un peu fatigué, je crois que je craque un peu. C'est dur de ne rien voir.

L'homme avala une gorgée de café. Il était temps de partir. Après tout, il n'avait pas vraiment d'excuse à fournir.

– Je peux partir, si tu préfères.

– Oui, dit très vite Daniel.

Il se rendit compte que sa réponse avait été un peu trop précipitée.

– Je veux dire... je ne veux pas me montrer impoli, mais j'ai envie de me coucher, et puisque l'assassin est pris...
L'homme sourit. Brave gosse. Courageux et tout. Si naïf.
Une sirène d'ambulance couina, résonnant dans l'appartement malgré les volets fermés. Machinalement l'homme se racla la gorge. Daniel avait lentement atteint la porte.
– Au revoir, et merci de vous être dérangé, fit-il.
L'homme le considéra avec méfiance. Le gamin lui semblait tendu. Il commença alors à comprendre. Si une sirène d'ambulance résonnait autant dans la journée, qu'en était-il des bruits de la nuit ?
– On entend tout ce qui se passe sur le boulevard, non ?
Daniel passa une langue sur ses lèvres desséchées par la peur. Il se força à sourire

aussi innocemment qu'il put, cherchant le loquet de la porte.
– Oui, mais on a tellement l'habitude du bruit qu'on n'y fait plus du tout attention.
La main de l'homme se posa sur celle de Daniel :
– Même la nuit ?
Daniel voulut retirer sa main, mais l'homme la retint.
– Même la nuit... Vous me faites mal. Partez, s'il vous plaît, je suis vraiment fatigué.
Il s'était mis à trembler. L'homme se souvint qu'il avait toussé après avoir poignardé Franval. Et il venait de recommencer.
– Tu mens mal, petit, siffla-t-il.
Daniel poussa un cri de terreur et voulut échapper à l'étreinte de l'homme, ouvrir la porte. L'assassin le précipita sur le sol.
– Je vous en prie, je ne pourrais pas vous reconnaître, je ne sais pas qui vous êtes,

supplia Daniel tout en essayant de se relever.
Ses lunettes de soleil étaient tombées et la lumière attaquait ses yeux. Il pleurait de douleur et de peur.
– Les flics m'ont interrogé, ils m'ont entendu tousser... Ils me reconnaîtront dès que tu leur parleras de mon raclement de gorge.
– Je ne dirai rien, je vous le jure ! cria Daniel en se cramponnant au mur pour se relever.
– Tu me prends pour un imbécile ? Vois-tu, j'ai besoin de quelques jours pour être tranquille à jamais... Tu attendras deux jours ?
– Oui, oui ! Même trois ! Tant que vous voulez !
Daniel sentit que l'homme était près de lui. La main de l'assassin heurta violemment son visage sans qu'il ait eu le temps de se protéger.

– Tu me prends vraiment pour un imbécile. Désolé, je ne tiens pas a prendre ce risque.
Daniel sentit que l'homme allait encore le frapper. Il poussa un cri de terreur et repoussa l'assassin de toutes ses forces. Il voulut s'enfuir, mais il était complètement désorienté par la peur, et il se précipita au jugé, butant contre les meubles comme un pantin grotesque.
– Tu ne m'échapperas pas, petit ! Moi, je vois, fit l'homme.
Daniel trébucha sur un tapis et s'affala sur le sol. L'homme le saisit brutalement par le bras, le releva. Le garçon se défendit en lançant des coups de pied.
– Lâchez-moi, lâchez-moi !
– La ferme ! On ne va pas affoler les voisins, n'est-ce pas ?
Daniel voulut se débattre encore, crier plus fort. Un coup de poing fit saigner son nez

et il fut précipité contre un mur, à moitié évanoui. Il se laissa glisser sur le sol. L'homme défit rapidement sa cravate et se baissa. Daniel sentit le tissu s'enrouler autour de son cou, tenta faiblement de résister. Il leva une dernière fois ses yeux aveugles vers l'assassin.

Une voix douce et inquiète qu'il aimait émergea des ténèbres.
– Daniel, ça va ?
Il voulut se redresser, mais ses yeux lui faisaient mal.
– Ne bouge pas, tout va bien, reprit la voix.
– Maman, gémit Daniel.
Et il tendit la main vers sa mère. Marielle la saisit et la pressa tendrement contre sa joue.
– Pleure pas, maman, ça va. Tu... es seule ?
– Non. L'inspecteur Malus est là aussi. Il t'a sauvé. Grâce à Aurélia et Julien.

– Comment ?

– Je te raconte, si tu n'es pas trop fatigué, fit la voix de Malus.

– Je ne suis pas fatigué. Racontez.

L'inspecteur Malus ne s'était pas senti très tranquille en confiant Daniel à son collègue Chalabert, et il avait décidé de retourner chez les Vargas dès qu'il en aurait fini avec le commissaire Mondor. En arrivant devant l'immeuble, il avait été hélé par le concierge aux prises avec deux gosses. Ils se disaient des amis de Daniel et avaient entendu des cris venant de l'appartement. Ils avaient reconnu la voix de Daniel mais ils n'avaient pas osé intervenir. Ils étaient allés chercher du secours auprès du concierge, qui refusait de les croire. L'inspecteur avait aussitôt récupéré la clef que Marielle laissait toujours chez le concierge et s'était précipité dans l'appartement. Là, il avait trouvé Daniel évanoui, en train de se faire étrangler par le sous-directeur de la Consolidated Bank of Europe.

– Il avait détourné une fortune, et Franval s'en était rendu compte en réparant son ordinateur. C'est pour ça qu'il a voulu le tuer. Et toi...

Daniel se frotta nerveusement le cou :

– Il croyait que je l'avais vu, et quand il a toussé... C'est à ce bruit que je l'ai reconnu. Heureusement qu'Aurélia ne m'a pas écouté quand je lui ai dit que je n'avais pas envie qu'elle vienne. C'est très chic de sa part et de celle de Julien, et...

Sa tête lui semblait très lourde. Finalement, il était bien fatigué. Marielle et Ludovic échangèrent un regard attendri.

– Ça ira, murmura le policier.

Une semaine plus tard, guéri et auréolé de gloire, Daniel retournait au collège.

– Au fond, si je ne m'étais pas servi de mon flash, tu aurais dormi comme un loir, et tu n'aurais pas sauvé monsieur Franval, fit Julien.

Daniel éclata de rire, et il serra la main d'Aurélia.

– Bientôt je devrais te remercier ! Mais je me fiche de tout, je peux vous voir de nouveau, et c'est bon !

Si tu souhaites
découvrir un autre auteur,
voici les premières pages de

**La peur
de ma vie**

un roman de Marie-Aude Murail

Quand Mme Fisher, notre prof de français, met sa veste rouge, c'est qu'elle est dans un grand jour.

– Qu'est-ce qu'elle va encore nous sortir ! a soupiré Maxime, qui est mon voisin en classe.

Elle a posé son cartable sur le bureau, elle a installé toutes ses petites affaires d'un air appliqué. Puis elle nous a regardés, les yeux brillants. Des fois, on croirait que ça lui plaît d'être prof. Nous, à 8 h 30, on roupillait plus ou moins.

Mme Fisher a commencé :

– J'ai pensé à vous, ce week-end !

– Aïe, aïe, aïe, a gémi Maxime.

Je lui ai donné un coup de coude parce qu'il nous fait toujours repérer. Quand on se tient mal, Mme Fisher nous met un moins. Quand on a deux moins, ça enlève un point sur la moyenne, sauf si on a eu un plus en contrôle, ça n'enlève qu'un demi-point. Mme Fisher a un carnet où elle note les moins au feutre noir, les plus au feutre rouge. Ça m'a fait penser au *James Bond* de la veille parce que le méchant faisait des croix sur un carnet à chaque cadavre. J'espérais qu'Alexandre, mon meilleur copain, aurait aussi regardé *James Bond*

parce que, comme ça, on pourrait se le raconter à la cantine. « Eh, tu te rappelles quand le type sort de sa bagnole en feu et il prend son flingue, tatatata ! »
« Ouais, mais la voiture, vlaoum ! »
Quand on n'a pas vu le film, on ne comprend pas bien.
– Ce que je veux, a dit alors Mme Fisher, c'est vous initier à l'art du récit. Tout d'abord, il faut faire comprendre l'action. Ensuite, il faut faire ressentir au lecteur les émotions des personnages.
Je me suis penché vers Maxime :
– C'est de quoi qu'elle cause ?
Maxime a grimacé :
– Elle veut qu'on *écrit* un roman.
J'ai pensé : « Il faudrait déjà que tu saches conjuguer un verbe », mais je n'ai rien dit parce que Maxime se vexe facilement et alors, vlan ! dans les dents.

– L'action, continuait Mme Fisher, ce n'est pas comme dans les bandes dessinées : « Vlatch, outch, paw ! » On doit trouver des mots, pas des onomatopées.

Tout le monde s'est mis à rigoler en faisant des « arggh, splash, wizz ! ». Mme Fisher a trouvé ça amusant au début, puis elle a tapé sur son bureau :

– Taisez-vous ! Alexandre, un moins !

Alors elle nous a fait tout un baratin sur le comique, le suspense et plein de trucs qu'elle appelait des « ingrédients ». Elle a fait des colonnes au tableau :

FRISSONS QUOTIDIEN SENTIMENTS

et elle nous a dit de choisir notre « registre ».

– Mais c'est quoi, ce bin's ? gémissait Maxime en se tirant les cheveux.

Heureusement, Mme Fisher a ajouté qu'on allait se mettre en équipe pour travailler.

– Ouais, génial ! s'est exclamé Maxime. Hé, Fred, Fred, t'es avec nous ?
Maxime n'aime pas beaucoup Frédéric, mais Fred est le premier de la classe. Alexandre s'est tourné vers moi et m'a fait un clin d'œil. Nous deux, on se comprend avec presque rien. On n'a pas besoin d'ingrédients.
– Ne criez pas, ne criez pas ! criait Mme Fisher. Maxime, un moins !
Juste avant la sonnerie, notre prof a eu le temps de noter les équipes. Maxime, Frédéric, Alexandre et moi, on travaillerait ensemble.
– Ne sortez pas déjà ! hurlait Mme Fisher. Je n'ai pas fini de... Maxime, rassieds-toi. Serge, un moins !
Ça m'aurait étonné que je ne m'en paie pas un.

– Écrire un roman ! s'est exclamée maman, au dîner. Mais c'est sympa comme tout. Elle est vraiment bien, cette prof.

Papa a approuvé de la tête. Mme Fisher a la cote chez les parents.

– Et tu as des idées ? m'a demandé Jérôme, mon frère aîné.

– Ben, on a choisi le registre FRISSONS avec les ingrédients HUMOUR et HORREUR.

Mon frère a fait des yeux de veau :

– Ça veut dire quoi ?

J'ai meuglé :

– Ça veut dire qu'on a Mme Fisher comme prof et qu'on comprend rien à ce qu'elle raconte !

Après, je me suis calmé et, en discutant avec maman, je me suis aperçu que j'avais plein d'idées. J'avais même hâte d'en parler avec mon copain Alexandre.

Le lendemain, quand on s'est retrouvés devant la porte du collège, on s'est tous mis à parler du roman.
– J'ai pensé à une histoire... C'est des jeunes, des jeunes plus vieux que nous, tu vois, et ils seraient à la campagne, dans un genre de maison abandonnée, sinistre et tout...
– Ouais, mais non, ça serait une société secrète et ils auraient hypnotisé des gens qui seraient leurs esclaves-tueurs...
– Et alors, dans la maison abandonnée, il y aurait un escalier qui grincerait à minuit comme si quelqu'un marchait dessus, tu vois ?
Chacun racontait son histoire et personne n'écoutait rien.
– Arrêtez, arrêtez ! a dit Frédéric. Ce n'est pas comme ça qu'il faut procéder.
– Procédé toi-même ! a grogné Maxime, qui n'aime pas les grands mots.

– Mme Fisher nous a dit qu'il fallait se demander ce qui NOUS faisait peur, nous a rappelé Frédéric. Si on a peur, mettons, des araignées...
– T'as peur des araignées ? s'est moqué Maxime. Ah, le cador !
– Mais t'es nul ! a crié Alexandre. Fred te donne un exemple. Tu sais pas ce que c'est, un exemple ?
– Si, je sais, a répondu Max. Même que ta « reum », c'est pas un exemple pour la jeunesse.
Alexandre m'a regardé, complètement scié :
– Mais pourquoi il traite ma mère ? Il est pas bien, ce mec !
À ce moment-là, j'ai compris que le travail individuel, finalement, c'est plus facile que le travail en équipe.

Dans la même collection

Copie double
de Marie Desplechin

Moi le zoulou
de Marie-Aude Murail

Samia la rebelle
de Paula Jacques

Le garçon qui se taisait
d'Irina Drozd

Un tueur à ma porte
d'Irina Drozd

Devenez populaire en cinq leçons
de Marie-Aude Murail

La peur de ma vie
de Marie-Aude Murail

Le défi de Serge T.
de Marie-Aude Murail

Ce n'est pas de ton âge !
de Brigitte Smadja

Écoute-moi !
de Régine Detambel

JEUX VIDÉO : ZELDA CONTRE TOMB RAIDER
BAYARD PRESSE JEUNE
JE BOUQU
FÉVRIER 1999 N°180
10-15 ans
UN ROMAN DE GÉRARD MONCOMBLE
LE SECRET DERRIÈRE LA PORTE
Une porte
her une autre !
DOSSIER LITTÉRAIRE
Le roman de la momie
Théophile Gautier

Achevé d'imprimer en France
par l'imprimerie Hérissey
à Évreux (Eure)
N° d'éditeur : 6352
N° d'imprimeur : 88051
Dépôt légal : septembre 2000